어느 날엔가
바람에 닿아

시와글벗문학회 동인지 제9집

어느 날엔가 바람에 닿아

초판 1쇄 인쇄 2020년 02월 25일
초판 1쇄 발행 2020년 03월 04일
지은이 강시연 고연주 선중관 심승혁 염종호 오현주
　　　　이선정 전은행 정태중 최영호 한명희

펴낸이 김양수
책임편집 이정은
편집·디자인 김하늘

펴낸곳 도서출판 맑은샘
출판등록 제2012-000035
주소 경기도 고양시 일산서구 중앙로 1456(주엽동) 서현프라자 604호
전화 031) 906-5006
팩스 031) 906-5079
홈페이지 www.booksam.kr
블로그 http://blog.naver.com/okbook1234
이메일 okbook1234@naver.com

ISBN 979-11-5778-428-8 (03800)

어느 날엔가 바람에 닿아

詩, 인간 삶의 깊고 지순한 서정

봄이다. 포근한 햇살, 감미로운 바람이 초목을 흔들어 깨우는 봄이다. 들녘 양지바른 곳엔 땅이 풀리고 파릇한 새싹들이 오밀조밀 고개를 내밀어 햇살을 반기고 있다.

산에는 온갖 나무마다 물이 올라 봉긋 꽃망울을 부풀렸고, 바람은 숲을 헤치며 향긋한 숲 향을 날리고 있다. 졸졸졸 노래 부르며 쉼 없이 흐르는 낮은 개울물은 생명수 젖줄을 대지에 촉촉이 적시며 봄을 키우고 있다.

봄은 소생의 계절이다. 혹독하고 매서운 추위를 견뎌내고 만물이 소생하는 계절 봄이라서 자연은 더 아름답고 신비롭다. 그 경이로운 자연을 보며 노래하지 않을 수 없고, 파릇이 오르는 새순을 보며 시를 지어 읊지 않을 수가 없다.

인류는 만물의 영장으로 역사를 시작한 이래, 천지만물이나 자연의 신비한 변화를 보면서 그것에 감동되어 대상을 아름답게 때로는 슬프게도 표현하여 왔다.

문학의 개념이 정립되지 않았던 시대일 때도 자연이 보여주는 계절과 기후, 꽃과 열매, 구름과 저녁노을, 삶과 죽음을 보면서 그 감정의 변화를 읊조려 왔던 것이다. 그뿐만 아니라 그 시대의 고뇌와 아픔도 함께 표현했을 것인즉, 이렇게 감정을 담아 짧은 한 구절의 말이라도 표현했다면 다분히 그것은 시적 활동을 했다고 봐야 한다.

시인은 이처럼 사람의 마음속에 원초부터 잠재된 시적 활동을 좀 더 예술적이고 문학적으로 표현하는 사람이다. 시인은 자연의 소리에 귀 기울이고, 꽃의 아름다움, 공기의 싱그러움, 새소리의 깊이를 헤아려야 하며, 자연의 일부로 살아가는 인간 삶의 깊고 지순한 서정을 함축된 언어로 표현해야 한다.

이러한 과제를 안고, 시와글벗문학회 동인지 제9집이 상재되었다. 동인집에 작품을 올린 열한 명 시인은 각자 자신만의 시풍으로 독특한 시향을 풍기고 있다. 그것이 또한 동인집의 매력이고 장점이다.

열한 시인의 시향과 정성이 깃들어 있는 제9집도 독자들의 많은 사랑을 받을 것을 확신하며, 동인집에 참여한 동인들께 감사의 말씀을 드린다. 아울러 아름답게 책을 엮어주신 출판 관계자 여러분께도 이 자리를 빌려 깊은 감사의 말씀을 드린다.

2020년 이른 봄
시와글벗문학회 동인회장 선중관 시인

차례

강시연

《한맥문학》 신인문학상 시 등단. 시와글벗문학회 동인, 미소문학작가회 회원, 시와달빛문학작가회 회원. 지하철 안전문 2019년 시공모전 당선, 시와달빛 문학예술대상. 시와글벗문학회 동인지 제4집 『그대 올 때면』, 제7집 『고요한 숲의 초대』, 제9집 『어느 날엔가 바람에 닿아』 및 『눈물만큼 작은 하늘』, 『그 마음 하나』 등 다수의 공저가 있음.

e-mail : Kangsiyeon2@gmail.com

상추

- 라푼젤

너의 긴 머리가 좋아
당신은 말 했어요

매일 아침 텃밭 귀퉁이에 앉아
붉은 색 머릿결을 빗어넘기죠

하루하루 지날 때마다
꽃이 떠나가고 다른 관객들이 떠나가요

비가 오면 빗물을 끌어안아 봐도
잡히지 않아요

당신의 발자국 소리에 귀 기울여요
머리카락 만져주는
당신의 손길을 기다리는 거죠

목만 뻐정하게 길어지고 있는데
이러다 화석이라도 될까 봐요.

우물

바닥이 마른 세월
동그마니 앉아 있다

두레박으로 퍼 올린 무수한 얘기들
태엽에 감겨 흙의 숨구멍으로 사라졌다

푸석푸석한 민낯에 물 한 바가지 뿌리고
몇 동이 물을 쏟아붓는다
금세 한가득, 눈빛에 찰랑댄다

여인들의 까르르 웃음 터지는 소리
물 퍼 올리는 소리
물바가지 내리는 소리가 교차하며 지나간다

한참을 내려다보는 아이도 있고
자신물 퍼 가는 아낙도 보인다

잔잔해진 그곳에 돌멩이 하나 던져 본다
물 가슴을 치고 너울너울 내려가는 돌
물 파장을 온몸으로 느꼈으리라

"그곳에 돌 던지면 안 되지" 그 말이
귓가를 스친다

잠깐 눈 감았다 뜬 사이
엄마의 물빛 동공 속으로
그곳의 물은 기억처럼 사라지고

마른 빈 가슴만
마을 어귀에 무늬지어 앉아 있다

결

나무가 패이면 매끈한 결은 끊어지고
아문 자리엔 둥근 옹이로
다시 이어지지

유유히 흘러가는 삶의 강에
떠내려가고 있었지

잠시, 눈 감았다 뜬 사이
악어의 잇자국이 찍혀지고
어느새 둥근 여울목엔 물살의 흐름이 바뀌었지

강가에 앉은 나무에 새순이 돋아나고
강물이 잔잔한 물결을 끊임없이
만들어 내듯

살빛 고운 다리에 남긴 상흔
장미 무늬 프렌치 스티치로
다시 결이 이어지면

흐르는 여울목에서 쉼표를 찍고
나는 다시 합류되어 흘러가지

계단을 닦으며

늙은 그의 몸을 닦는다
뚝 뚝 흘린 구정물이 버섯 꽃을 피웠다

누군가, 삶의 밑바닥이 닳아간 곳
아득한 발길이 있음에도
햇살이 들지 않는 모서리엔
거미막이 진을 치고
끝없는 알아내기의 모색 중이다

한 500년은 묵었을
먼지도 조용히 숨어서 햇살을 기다리고 있다

오랜 세월 묵묵히 지탱해온
그의 허리가 위태롭다
짠맛이 달다고 느낀 시절에

그가 펼쳐 놓은 주름
구석구석 닦아 놓으니
이제 밟고 오르면 저기,
하늘나라 밝은 곳도 보일 듯하다

뭔데 이리 이쁘냐

한 아이가 길 위에 섰습니다

라면 한 젓가락 건져 먹으려
꼬불꼬불 길을 따라가다
한적한 오솔길에 닿았습니다

힙합 가사의 욕처럼
생이 힘들어서도 아닙니다

욕을 멈춘 지가 먼 이야기처럼
느껴져서도 아닙니다

듬성듬성 구멍 뚫린
나무 천정 사이로
쏟아져 오는 햇살 때문도

그 햇살에 눈 부신
담홍색 빛깔 때문도 아닙니다

그저 소년의 입에서
터져 나오는 외마디

뭔데 이리 이쁘냐

한 청년이 가을 길 복판에 서있습니다

겨울 열매

뒷산 공원은
겨울이 지나가는 산책로

화려한 시절을 벗은 나무들이
토끼 눈에 반한 붉은 유두를
내놓고 몸을 내린다

맘껏 먹으라고
쭈글거리는 가슴팍을
바람 사이에 풀어 내린다

새들은 낙엽 모양의 문신을 찍으며
마른 피딱지 같은 열매를
쪼아 먹을 것이다
여운 없는 바람도 불 것이다.

그토록
다 내어주고, 빈자리에
다시 꽃이 피려나
언 실가지 젖줄 하나에도.

매화나무 집·3

햇살이 속눈썹 사이로 비춰오면
어김없이 일터는
발아래 등 대고 있고

창고에 쟁여둔 먹잇감
등에 지고 줄지어
계단 타고 오르는 일개미들

붉은 담장 안 매화는
코피가 터질 듯 하고

일개미 군단은
들숨 날숨
숨 고르기에 여념 없다

매화 코피 터지는 날
팝콘 꽃비가 되어
온 하늘 붉게 쏟아지려나.

말 멀미·2

봄은
꽃들의 반란으로
꽃 멀미한 아지랑이
아롱거리고

사람들은
말(言, 馬)의 꼬릴 잡고
칼춤을 춘다

눈썹 끝 휘날리는 말
입 꼬리 바닥에 떨어진 말
흑과 백은 모래판에 나뒹굴고
명암을 져 나르는 모호한 하늘엔
미세먼지만 가득하다

어떤 말은
사금사금* 부서져
그 파편에
가슴을 베인다

산사태 베인 상처에도 꽃이 필까

묵묵히 서 있는 산이
절벽에 서 있는 나에게
산이 되라 한다
진달래 피는 산이 되라 한다.

---

* 사금 : 금의 광맥이나 광산의 침식, 풍화작용으로 분해 되어 금의 작
은 알갱이. '사금사금'은 사금을 시적 음운 효과를 높이기 위해
반복적으로 표현한 것임.

PART 2

고연주

들길 걷다가

새벽이 혼자 건너왔다

눈빛을 자르다

깜깜한 늪

작은 그림자

댓잎의 노랫소리

시월이 가까이 오면

아듀! 애마

《대한문학세계》 신인문학상(시) 수상. 시와글벗 동인, 대한문인협회인천지회 회원, 가온문학회 홍보부장, 시상문학 회원, 우리말 매일 사행시 짓기 으뜸상 수상, 2018년 지하철스크린도어 시 공모전 선정. 시집『사랑하니까』, 『아파도 괜찮아』 외 시와글벗 동인지 제8집 『벗은 발이 풍경을 열다』, 제9집 『어느 날엔가 바람에 닿아』 공동저서가 있음. 세광식물원 대표, 북카페 사랑하니까 운영.

e-mail : 8168522@hanmail.net

들길 걷다가

마음 비우고
일상을 버리고
들길 걷다가 꽃 마주할 때

가까이 다가가 무릎 꿇고
꽃의 속삭임에
귀먹고 눈멀어 보고 싶다

잠깐 지나는 소낙비도 맞고
짝 찾아 우짖는 새도 되어 보고
저녁노을에 눈물도 흘려보고 싶다

꽃으로
이름 없는 꽃으로
한 번쯤은 피어나고 싶다.

새벽이 혼자 건너왔다

가는 길은 멀어도 언제나 혼자였다

그리운 사람을 잊는다는 건
마음에 빚진 자리를 내려놓는 것이다

꽃을 마주하며 미소 짓던 날들
잊기로 다짐하니 좋았던 날도 잠시

향기는 바람에 지워지고
설렘은 세월에 지워지더니

노을이 강물에 끝없이 잠겨
그림자 자취마저 숨어버린 날

강변의 갈대는 서로를 감싸 안고
써걱써걱 울먹이더라

눈빛을 자르다

미나리꽝에서 썰매를 탔다

어려서는 썰매 탈 때 보지 못했던
얼음 속 푸른 싹이 파르르 떨고 있다
한참이나 햇빛 닿아도
미나리는 미소를 느끼지 못하고 잘려 나간 뒤였다

바람 편에 모질게 건너온 햇살이
얼음 속 여린 미나리를 키우듯
내 눈빛도
모서리가 깎여지고 나서야
느슨한 마음이 찾아들어
한여름 흰 미나리 꽃처럼
새하얗게
싱그러운 웃음 짓는다

깜깜한 늪

보이는 길이 전부가 아니다

첫눈 쌓인 길처럼
한 걸음 한 걸음
내디디며 발자국을
돌아본다

깊은 늪에 빠진다

늪은
걸을수록 깊어지고
담 모퉁이 돌아
흰 수렁이 길을 막는다

깜깜한 늪과 흰 수렁에 빠진
긴 시간을 걸었다

작은 그림자

작은 구멍에도 그림자는 생긴다

시간이 갈수록
빛에 굶주림이 쌓이고
뜨거웠던 햇살 툭툭 치는
모진 언어 겪는 날도 많았다

개미 나뭇잎 그늘 깊숙이
몸 낮춰 가을 따라 멀어져 가고
작은 가슴 채워지지 않는
헛헛함이 희부옇게 모이고 흩어졌다

매일 밤 머리맡을 지키던 보따리
지나온 날에 금이 가니
폴폴 먼지 되어 날린다

가슴속 먹먹하게 그림자 쌓여
삶의 길목 거칠게 내몰려도
달빛에 날개 달고 싶어 뒤척이니
어느새 중천에 올라서는 하루가
그리움 되어 조막손 내민다.

댓잎의 노랫소리

수북 진등 마을 여우비 뿌리면
저 멀리 삼인산 아래 무지개 수놓아
아이들은 너울춤을 추었지
한 뼘 한 뼘 키우던 유년의 꿈은
죽순 마디마디 가슴에 품었다

담양 읍내 오일장을 다녀오시면 양각리 다리 밑에서
주워왔다며
"떡 장사하는 니 엄니가 아픈지 장사를 안 나왔더라"
근심 섞인 표정으로 놀리던 아버지의 따뜻한 미소를
떠올리게 하는 곳

철부지 적 개울에서 멱 감을 때 새털구름 몰고 다니
며 알몸을 훔치던 그 하늘은 노을빛 파고들어 옛 기억
을 풀어놓는다.

메타세콰이아 길을 만들었던 친구는 흩어져 중년이
되고 죽녹원 댓잎은 폭설에 껴안겨도 힘겹다고 말하지
않고 어느새 푸르른 팔 뻗어 하늘 향한다

관방천은 영산강 물줄기 따라 세월을 유유히 노래하
고 삼백 년 넘게 고을을 지켜온 팽나무 벗나무는 여전
히 도도하다

　고즈넉한 소쇄원의 정원이 사색하면
　송강정은 시를 짓고
　삼인산은 우리를 한결같이 반긴다
　명옥헌 연못의 달그림자는
　진자리 떠난 친구에게 잘 익은 홍시 빛
　그리움의 편지를 쓴다.

시월이 가까이 오면

다시 온다는 기약 없이
점점 멀어진 노을빛
달그림자에 고개 숙인 코스모스

긴 그리움
애가 탄 가슴
손 흔들어
숨 가쁘게 재촉하니
먼 능선을 오른다

무심하게 떠나보냈던 자리
풀벌레 노래 담고
달빛의 보고픔 엮어
편지를 쓴다

하루하루가 다르게
살갑게 물들이고
승기천변* 노닐고 있는 외가리
다가오는 발소리 듣는다

별과 달빛이
애기꽃 피우니
그리움은 층층으로
구름 되어 싸인다

추억의 보따리 풀어 놓고
오래오래 내 곁에 잡아 두고
들꽃 가녀린 귀엣말 속삭임에
눈멀어 보고 싶은 날

가을 길목 위에 서서
가을을 닮아 붉어진다.

---

* 승기천변 : 인천 연수구에 흐르는 천

아듀! 애마

바람처럼 스쳐간 세월
십오 년 동안 바쁜 발이 되어 동행했다

생사의 길에서
온몸 가득 만신창이지만
죽을 고비를 함께 넘기며
다시금 곁에 머물렀던 너

늘 바쁘다는 핑계로 돌보지 않고
춥다 덥다 타박만 했던 그 투정을
듬직한 친구의 마음으로 다 안은 채
폐차장으로 떠나는
네 뒷모습에 아쉬움 가득하다

인연은 함께 해도 그립고
헤어질 때는 기억으로 더 그립다.

PART 3

선중관

중년 사랑

산정山頂에서

돌아오는 쓰레기

현대인의 고독

우리 서로 배경이 되어

짐

꽃 한 송이 피는 일이

으뜸 말 우리 글

아호 : 향로香爐. 月刊≪文學空間≫ 시 부문 등단, 季刊≪創造文學≫수필부문 신인문학상 수상. 시와글벗문학회 회장, (사)시인연대 이사, (사)한국문인협회 회원, 한국크리스천문학가협회 회원. 시집 『삶의 덧셈 뺄셈』, 『그리움도 사랑입니다』, 『바람이나 인생이나』, 산문집 『거울 속의 낯선 남자』 외 시와글벗 문학회 동인집 등 공동저서 다수 있음.

e-mail : jkseon55@hanmail.net

중년 사랑

사랑 그거,
때와 시기가 있는 건 아니지
저물녘 황혼빛 곱게 내려앉듯
조용히 찾아온 중년 사랑
저녁노을이 붉고 선명하듯
더욱더 진하고 아름다운 걸

중년 사랑은
살아온 이력이 응축돼 있는
마음 깊은 용소에서 솟구쳐 오르기에
더 진실하고 갈급하고 소중하지
이내 져야 할 노을빛처럼
숯덩이에 핀 잔잔한 불꽃이라서
더욱더 애틋하고 진지하지

산정山頂에서

산정에 서면 산 아래 세상이 발밑에 펼쳐진다. 그렇게 애틋하게 목숨 잇기 위해 발버둥 치는 삶의 터전이 저리 좁아 보이다니, 저 아래서 할 일 안 할 일 서로 부대끼며 살아간다는 사실이 믿어지지 않는다.

자연 앞에 내 존재는 이렇게 작고 미약한데, 자신의 나약함을 알지 못하고 무엇이든 다 내 손안에 넣을 수 있을 것처럼 호기 부리며 살아온 교만했던 모습이 많이 부끄럽다.

산 아래 아득히 펼쳐진 준령을 바라보다가 하산 길을 재촉한다. 오르막이 있으면 반드시 내리막이 있는 법. 정상이란 더 이상 오를 곳이 없어 이제는 내려가야 하는 곳이다. 정상은 정복과 성공에 대한 희열만 느끼는 곳이 아니라 물러서야 함을 자각하는 곳이기도 하다.

산행은 마치 우리 인생사 축소판 같아서
오를 때와 내릴 때
놓을 때와 잡을 때
가야 할 길과 아니 갈 길을 가르쳐 준다
산이 좋다 하여 언제까지나 정상에 머물 수 없는 것처럼

우리 인생사도 언제까지나 오를 수만은 없다
이 산에서 내려가야 하듯
인생사 내리막길도
망설이거나 주저함이 있어선 아니 된다
가벼운 마음으로 내려가야 한다.

돌아오는 쓰레기

지구라는 공에 갇혀 사는 인류
그 속에서 쓰고 버린 온갖 쓰레기와 폐기물도
우리와 함께 지구 어딘가에 떠돌 뿐
없어지거나 사라지지 않는다
그런데도 사람들은 쓰레기를 버리면서
이제 내 곁을 떠났으니
나와는 아무 상관없는 줄로 알지

그 쓰레기가 되돌아오고 있다
생선 창자와 소금에 섞인 미세플라스틱
해초류와 채소에 흡수된 독극물이
소리소문없이 다가와 밥상에 차려지고
몸 안에 들어가 혈관을 타고 돌다 긴 여행 마칠 때
별안간 숨통을 조여 오는 무기가 되겠지

저 산과 계곡과 하천에 널브러진 내가 버린 쓰레기
초강력 바이러스보다 무서운 기세로
다시 내 밥상에 오고 있으니
지구를 떠날 방법이 없다면
함부로 쓰레기 버리는 일을 삼가야 한다

현대인의 고독

현대인은 고독하다

컴퓨터와 스마트폰이 없었어도
즐겁고 행복한 시절이 있었지
하지만 온갖 과학의 이기利器를 누리고 살면서도
현대인들은 고독하다

과학의 이기들이 현대인을
그 틀 속에 가둬버렸기 때문이지
네모난 틀 속에

카카오스토리에 천 명의 친구가 있어도
트위터와 인스타그램에 팔로워가 만 명에 이른다 해도
페이스북 구독자가 수만 명을 헤아린다 해도
그것은 결국
고독의 그늘이 그만큼 깊다는 의미

스마트폰에 갇혀
바깥세상을 활보하지 못하고
폰 치매와 우울증을 동시에 앓고 있는
현대인은 외롭고 고독하다

우리 서로 배경이 되어

하늘의 별이 찬연히 빛나는 것은
캄캄하고 어두운 밤하늘이 있기 때문이고
저 들녘 휘청거리는 억새풀이
고결해 보이는 것은
스쳐 지나는 바람결이 있기 때문이다
저녁놀 석양이 아름다운 것 역시
빛을 연출하는 조각구름이 있기 때문이지

세상에 존재하는 그 무엇이든, 또 다른 존재에 의해
상호보완적 관계를 유지하며, 서로 배경이 되어주기도
하고 돋보이게도 한다.
못난 사람이 있기에 잘난 사람이 돋보이고, 적게 가
진 자가 있기에 많이 가진 자가 있을 수 있는 것.
나 혼자 독불장군으로 존재하는 것은 이 세상 어느
것 하나도 없다. 홀로 있으면 아무것도 아니지만, 뒤에
서 배경이 되어주는 무엇인가가 있기 때문에 우린 서
로 돋보일 수 있는 것.

내가 좀 잘 나간다고 하여
우쭐댈 일이 아니며

남보다 좀 나은 형편이라 하여
자만할 일도 아니다
알게 모르게 내 뒤 배경이 되어주고
내 존재를 나타내 준 사람들
그 희생과 배려에 감사하며
우리 서로 아름다운 배경이 되어주자.

짐

트럭이 흙구덩이에 빠져 헤어나오지 못하고 버둥거리며 헛바퀴만 돌고 있는데, 지나는 이가 딱하다는 듯 일러준다. 뒤에 짐을 실어보라고. 뒤에 사람 서너 명 태우고 가속페달을 밟으니 언제 구덩이에 빠졌냐는 듯 쉽게 구덩이를 빠져나간다.

아, 짐은 무겁고 거추장스러운 것만은 아니었네. 적당한 무게의 짐을 실어야 짐차가 제 기능을 발휘하듯, 살면서 짊어진 적당한 분량의 짐은 내 삶의 행로에서 쳐든 교만을 낮추게 하고, 삶의 가속력도 높여주는 추진체 같은 것.

무겁다고 내려놓고 버겁다고 회피하며, 작은 짐 하나 떠안길 싫어하던 내 지난날, 그 가벼운 몸으로 종종 구렁텅이에 빠져 헤어나지 못하고 버둥거리던 이유를 이제야 알겠네.

꽃 한 송이 피는 일이

마른 나뭇가지에
봄꽃 한 송이 피는 일이
그냥 저절로 그리되었겠는가
혹독한 겨울을 견뎌야 했으며
따사로운 봄 햇살
감미로운 바람
땅의 기운과 양분
늦은 비와 이른 비
주변 환경과 자연의 각별한 도움이
필요했을 터

자연에 생존하는
그 어느 것 하나도 쉽게 태동胎動하지 않았으니
언뜻 보아 하잘 것 없어 보이는
가녀린 꽃 이파리 한 장도
온갖 삼라만상 합작의 결과물인 것을
작은 목숨, 풀 한 포기라도
섣불리 보아서는 안 될 이유이다.

으뜸 말 우리 글

누리에 이보다 좋은 말이 또 있을까
소담스럽고 담백하여 에다움 말
말 하나하나에 철학이 들어있고
삶의 지혜가 담겼으니
어느 나라 어느 민족의 말이 이와 같을까

눈雪을 눈이라고만 하지 않고
내리는 정도와 모양에 따라
진눈깨비, 싸라기눈, 가루눈, 함박눈이라 부르고

비를 비라고만 하지 않고
내리는 시기와 양에 따라
안개비, 여우비, 이슬비, 가랑비, 보슬비, 소나기라
부르고

바람 또한 부는 정도와 계절에 따라
높새바람, 하늬바람, 소슬바람, 덴바람, 마파람이라
하였으니
우리 겨레의 위대한 문학적 기질이라네

우리 글 또한 온 누리에 으뜸 글자이니
어떤 소리라도 적을 수 있는
아, 자랑스러운
으뜸 말 우리 글
한
글.

PART 4

심승혁

샤워

곰팡이를 핥다

회귀

비, 난

홍매화

뿌리 연대기

목련 애환

어느 날엔가 바람에 닿아

아호 : 추포秋浦. 격월간 《문학광장》 시 부문 신인문학상 등단. 시와글벗문학회 동인. 2018년 제6회 황금찬문학제 시화경진대회 우수상, 2018년 제13회 빛창공모전 최우수상, 2018년 서울 지하철 승강장 안전문 시공모전 선정, 2019년 제10회 백교문학상 우수상, 2019년 강원경제신문 제10회 누리달공모전 대상. 봉놋방 시선집 『씨앗, 꽃이 되어 바람이 되어』. 시와글벗 동인지 제7집 『고요한 숲의 초대』, 제9집 『어느 날엔가 바람에 닿아』 공저. 시와글벗 동인지 제9집 표제 선정.

e-mail : sshkbg@naver.com

샤워

불을 튼다

치솟는 불의 방향을 따라
한 방울씩 욕심의 줄을 세운다

하얀 척 살아오느라
더께로 기운 누더기로 아프고
화르륵 벗어 놓은 재는
까만 아우성으로 않겠지만

불같이 태워진 잔재 위에
발가벗은 탈색이 투명해지면
순진무구심의 속살 안으로
태아 적 망각부터 하나 둘 채워
부끄럽지 않은 새 옷으로 갈아입는다

곰팡이를 핥다

그러던 그날, 하늘이 노래지고 땅이 울렁거렸다

아버지는 추릅 추릅 밀가루 풀을 쑤셨다
돼지에서 얻은 억센 털붓은 손아귀에 매달려 벽을 훑
었다
맛나 보이는 하얀 밀가루 풀 사이로 한 올씩 검은 머
리가 힘없이 떨어졌다
쓱싹쓱싹 새것을 문지르는 냄새가 새 밥보다 맛있게
발라지던 우리 집 도배하던 날

"아들아 작은방 벽지 좀 미리 뜯어 놓거라"
북북 신나게 잡아당긴 벽지 뒤로 파랗게 혹은 까맣게
토실토실 풀이 자라 있었다
어린 호기심에 누가 볼까 몰래 손가락으로 문질렀다
보드랍던 느낌에 배곯던 입으로 집어넣어 버린, 철부
지 내가 살던 우리 집 도배하던 그날

저녁이 오도록 말라붙은 흰머리를 이고 진 아버지의
뒷모습이 씻으러 들어가는 것으로 시간의 기억이 끝났다
얼마나 지났는지 모를 머리맡의 물수건은 밤새 뜨거웠
다는 나를 식혀준 아버지의 손 모양대로 잠들어 있었다

52

수건이 마르기 전에
아버지의 눈이 떠지기 전에
몰래 만져 본,

풀 맛의 아픔을 내게서 거칠거칠 씻어 내었던 그 손
을 이제는 핥을 수 없다

회귀

- 치매齒梅

모년 모월 쏙싹쏙싹 비가 내리자
오십 년 전 낳은 첫 아이의 신비한 울음소리가
사십 년 전 까만 눈동자로 손 꼭 잡고 입학한 아이가
삼십 년 전 첫 월급의 선물로 받은 내복의 흐뭇함이
이십 년 전 결혼하는 아이의 큰절에 웃었던 울음이
십오 년 전 먼저 떠나보낸 남편의 마지막 모습까지
시간이 남겨 놓은 흔적을 따라 흘렀을 것이다

강산은 아직 열 번도 안 변했는데
검었던 기억은 바래지기 시작하고
주름 골 까맣게 파인 자리로
어제까지 쌓은 기억이 해맑게 떠내려가면

팔십 년 된 빗소리 같은 엄마 엄마 울음이
늙어버린 소녀의 치아(齒) 사이에서
뚝뚝 떨어져 내려
하얗게 매화(梅)로 다시 피어난다

＊ 치매(齒梅) : 齒 이 치, 梅 매화 매
＊ 치매(癡呆) : 癡 어리석을 치, 呆 어리석을 매

54

비, 난

난, 푸른 소리가 세차다

매끈하게 빠진 직선의 구부러짐 위로
조심스레 가부좌의 마음을 앉힌다
어디서 들리는지 쫑긋 세운 귓가로
비난 섞인 욕심의 말들이 촘촘히 젖는다
입을 건너온 말의 상처가 홍건해도
고고한 자태로 물 위를 걷는 네 곁에서
서성이던 생각을 한 잎 한 잎 먹인다

어느새 해가 서쪽을 지나는 시간

수북한 어둠이 오기 전에
새초롬히 지켜낸 하루치 낮을
팽팽하게 당겨 반짝반짝 닦는다
검었던 잡념이 푸르게 씻기고
반질대는 모습에 욕심껏 자리를 바꿔
난 난이 되고 넌 내가 되어 본다

이제 난, 칼날 같은 비의 직선을 접어
고요히 곡선의 소리를 그릴 수 있겠다

홍매화

엄마 나 졸업 날에 숏커트하고 염색할래
그래 새봄맞이로 해보자

바야흐로 빈, 가장 자유로운 계절 안에서
여자들의 대화가 따스한 아지랑이로 핀다

투블럭으로 할까
무슨 색으로 염색하지
재잘재잘 상상의 세상이 펼쳐지던 시간

오래 자랐던 긴 머리는 겨울 속에 남겨지고
조금은 어색한 투블럭 청록빛이 도는
자그마한 아이가 눈앞에서 반짝반짝 빛난다

아빠 아빠 짧은 머리 안쪽의 까끌함이 너무 좋아
무슨 색깔처럼 보여?
안쪽은 노란색인데 괜찮지?
오물거리는 입에 발그스레 꽃망울이 맺힌다

나는 자연스레 하얗게 바래져가고
너는 점점 빨갛게 봄으로 가느라 분주하니
따뜻해지는 계절에 분명 넌 활짝 활짝 웃겠다

그 작은 입 가득 노란 희망을 물고
어떤 색깔의 꽃잎을 가질지 궁금해진 나는
네게서 붉은 물이 들어버린 심장을 숨겨서라도
오래도록 너를 보고 싶은 욕심이 생긴다

그렁그렁 눈시울 하얀 눈이
홍매화 곁을 맴돌며 봄이 오는 길에 서 있다

뿌리 연대기

거기 뿌리의 뿌리가 있었다

검게 번진 밤 동안 붉은 태양을 먹인 가지를 뻗어 기어이 푸른 나무를 키워낸,
그 밑

지저地底 깊숙이 어제 먹은 태양이 뜨거운지 뿌리의 뿌리가 근질거린다 어제 자란 가지를 당겨와 긁는다 저만치 한 호흡의 부스러기가 떨어진다 또 다른 뿌리가 된다 뿌리는 가지가 되고 잎이 되고 꽃이 되어 퍼지고 솟고 자라나 드디어는 나무라 불리기 시작한다

그 밑, 첫 뿌리였던 마음을 뒤적인다 시간이 허락한 고난을 이겨내고 흩트려놓은 땅을 딛는다 뿌리였음을 기억해낸 나무는 부지런히 자라고 그 뿌리를 꼭 쥐고 서서 곧 숲이 될 푸른 웃음을 보며 굽은 가지에 힘을 준다

여기 아직 쓰러지면 안 되는 꽃이 있고 잎이 있고 곧은 가지로 버티고 있는 나무가 있다 이제 곧 뿌리의 뿌리가 될

---

* 지저(地底) : 땅을 뚫고 들어간 속이나 땅의 아래

목련 애환

하얗게 보이려고 애를 썼나 봐요
순백을 찬양하는 목소리들이 너무 좋았거든요
나를 바라보는 세상은 모두 깨끗한 줄 알았기에
시간에 시들고 바래지는 내 모습이 무서워요
조금 더 조금만 더 하얗게
억지스러운 내 안으로 곪아버린 때가 쌓여 가요
바람과 빗물을 빌려 슬그머니 씻었어요

아, 내 아래 검은 것들
숨겨놓았던 나의 죄 같아서 목을 놓아 외쳐요
내 것이 아니라고, 너희 것이라고 칼날을 쥐어요
베이고 떨어진 부스러기가 아파 보여요
하얗게 눈을 감고 무시해보기로 했어요
순백의 세상은 다시 검은 눈 안쪽에 펼쳐놓고
아닌 척 귀만 세상에 내어놓아요
더럽다는 바람의 말이 비릿하게 들려요
이상하게 뒤통수에만 올라앉아요
살짝 뜬 실눈 사이로 검은 물이 떨어져요

모른 척 질끈, 나는 여전히 하얘요

어느 날엔가 바람에 닿아

어느 날엔가 바람에 닿아 창 하나 내어볼 생각에 조심스레 뒤적이는 마음 안으로 나도 모르던 콩알만 한 빛을 보았습니다

헤아릴 수 없는 기억의 뒤편 언제인가에 미필적 고의로 이미 창하나 내었거나
차갑게 할퀸 햇살에 덜 아물었던 생채기가 슬그머니 딱지를 떼어 냈거나
아니 아니, 밝음이 넘쳐났었던 그 어떤 행복한 날에 닫아놓지 않았던 거라면 더 좋을 이유입니다

그 창 한번 고맙습니다 세상이 조금씩 쏟아져 들어오고 그 틈새로 당신 또한 들어와 앉았던 흔적이 있습니다
그래요, 뜯어진 거미줄 위로 내 마음 너덜하게 매달려 있다 해도 이미 당신을 생각하느라 낡아 버린 허름한 방 하나 툴툴 털어 또 한 번 내어주지 못할 이유는 없습니다

새싹 같은 햇살처럼 빗방울 속 우산처럼 선선한 바람
의 가을처럼 설렘 같은 첫눈처럼 숨 같은 나처럼 오기
만 하면 될 당신은,
　콩알 같은 마음에 나 있는 창으로 숭숭한 바람 소리
로 잘도 찾아 들어와 우주처럼 차곡차곡 방을 차지하
셔도 좋겠습니다

　어느 날엔가 바람에 닿아 문득 이런 일기를 적어간
시간을 발견하게 될 나는 내어주었던 방이 바람으로
가득 채워지면

　당신이 오는 창하나 또 내어놓고 있을 텝니다

PART 5

염종호

폐차장에서

대웅전 처마 아래엔 거미가 산다

겨울 강

감추고 사는 것

백색소음

혼자 있을 땐 꼭 싸락눈이 오더라

겨울에만 할 수 있는 일

동병상련

계간《한국신춘문예》소설부문 등단. 2018년 서울일보 주최 윤동주 탄생100
주년 기념문학상 수상. 시와글벗문학회 동인. 시와글벗문학회 동인지 제9집
『어느 날엔가 바람에 닿아』 공저.

e-mail : nanal9968@gmail.com

폐차장에서

어둠 밀어 담장에 수북이 쌓고는
비로소 열린 골목이다
그는 백태 낀 한쪽 눈으로
이 끝 어디를 바라보았고
나는 가로등 미간 사이로 오도카니
그를 보았다
뜨겁던 심장 발치에 꺼내고
앞질러 뛰어다녔을 다리를 접었다
무릎 괸 채
소리 없는 하루 닫는 중인데
벗겨져 핏물 밴 등보다도 저리게
속으로만 견디었을 일들
번진다
발치 치대는 물처럼 지독하게 차오른다
내려놓기 좋은 시간
절박한 시간인데
지팡이 든 어느 자식이 다시 매달린다 해도
또 업어줄 거 같다
저 작은 몸이 벌떡
일어설 것 같다

대웅전 처마 아래엔 거미가 산다

뼈대로만 지었다
시방삼세 길목마다 경첩 달아
세상 환하게 창 열었으니
천년 절집이 이보다 견고할까
결코 얻을 수 없는 법신과
끊임없이 잘라낸 세속의 속 줄기가 이어진
장방형의 무한 세계
육 년 고행의 허무를 이미 깨달은 것일까
우주 복판 나선의 마지막 점, 점처럼
몸 말아 까만 점으로
그는 다시 한 생을 여는 중이다
이 문 드나들며 헹구어졌을
입적 끝낸 영혼은 다 어디로 간 건지
허울뿐인 육신만 매달려 내세를 구걸하는데
오래 보면,
계곡의 첫 물처럼 맑은소리가 난다
공양이라곤 이슬이거나, 담장 너머 기웃대던
가을이거나
부리나케 나서야 할 반가운 인사라거나
하여 배설마저 투명하니,

부러운 일이다
흉내 낼 수 없는 저 혼자만의 좌선
영원한 칩거

겨울 강

깨지고 솟구쳐
채 흐르지 못한 강을 걷고 있었네

나도 저처럼 산을 자르고
땅 자르고 가다 긴 계절
돌아 나지 못한 죄일 뿐

돌처럼 굳은 오후 햇살 사이를
죽어야만 사는 물의 껍데기로 걷고 있었네

삶이란 누구든 집요한 것
강은 모든 것을 걸고
흘러갈 생 찾으려 지금까지
제 몸을 부수고 있었네

언 땅 빠져나오는 저 울음과
그 울음 밀어 올리는 긴 대공만

언제 한 번
파꽃 가득해질 겨울 밭이나

유채 노란 담벼락 아무렇게 찾아가
저처럼 처절히
울어본 적 있던가

강은 울었네
따라 울었네

바람은 돌아가자 말하지만
봄물 스며들 얼음 위를
무작정
걸어 보았네

감추고 사는 것

어떤 것은 동굴에서
어떤 것은 산에서, 또 어떤 것은
기와와 기와 맞물린 뙤약볕 속에서 산다
포도송이를 보다가
태양 치댈수록 억세게 커가는 잎사귀 사이로
나이마다 한 칸씩 기울던 원두막을 생각했다
과수원을 이어받은 아버지와
도시로 나간 그의 외아들과
그 땅을 가지러 도시에서 온 사람과
그늘 속 누워버린 아들의 어머니와
히득거리는 산속 마을
봉분과 제단 사이로 길을 연 두더지나
그 길 끊고 가는 참나무의 질긴 뿌리와
잠깐의 여름을 위해
평생 뿌리 근처를 맴도는 매미같이
다닥다닥 붙은 양로원 침대나 치매 노인이라던가
평일 아파트 창에 고개 내민 나처럼

웅크리고 쏟아내는 온갖 숨소리를
생각하는 것이다

백색소음

사랑하는 사람이 막 잠 들었다
빠져나간 불빛을 채우러 달려오는 일들을 본다

바스락대는 이불 소리와 냉장고 쌔근대는 소리
양변기 똑, 똑,
몸 씻는 시간 맞춰 방에 들어온
위층 투덕대는 소리
편의점 병 깨는 소리에 잠이 깨
무작정 서러운 아랫집 푸들 한 푸는 소리
아파트 한 동 순식간 일으켜 세우는
바람 난 천둥의 심박동 소리
다시 개 짖는 소리

소리
소리
소리

코 고는 소리 이제야 들었다
미안한지, 자면서 처음
힘든 내색을 한다

혼자 있을 땐 꼭 싸락눈이 오더라

걷고 있었다
한 해 꼬박 기다린 꼬투리 속 낱알이 쏟아졌다
개울 발 담근 아내 종아리같이 잘 마른 흰 빛이
쌀알처럼 튀어 다녔다
빙어처럼 튕겨 올랐다

저곳, 지금
깨 터는 중이다

수북한 멍석 두어 걸음 비켜
홍시 가지에 있을 테고
까치 두어 마리 날아다닐 거다
옷섶 풀린 사내가
허공 마를 때까지 내리치고 있을 거다

지칠 만큼 바람이 불었다
키질 소리만 쉭쉭 거리를 쓸고 다녔는데

밥 짓는 냄새가 산을 넘어왔다

저녁은 산길을 따라
깻잎 흔들던 텃밭을 함께 데려왔는데

이랑 사이 나는
낫 쥔 채 우두둑 등 펴던 오래된 가을을
무심히 되감고 있었다

겨울에만 할 수 있는 일

바람으로 등대를 끄는 일
밤사이 굳어버린 방파제 파도를 쓰다듬는 일
그 파도에 물려
이제야 발 뻗은 쇠오리 발목을 꺼내 보는 일
섬 닿기 직전 멈춘 것들을 꼼꼼히 세어 보는 일

폐가를 산 채로 먹어 버리고도 사나흘 더 머물던
유년의 강이나
며칠 전 뛰어내리며 남긴 눈 덮인 신발
조금 전 사라진 유성
그들이 왜 매번 반짝였는지를 생각하는 일

벚꽃. 박꽃. 서리꽃처럼
사방 봄 여름 가을처럼 피고
한 철 죽자고 피고
주머니 속 입 맞추던 손과 계절 닮은 얼굴
덜 밝은 불빛 뒤집어쓰고
오래 그려보는 일

날 것 뒤따라 하루가 가고
온밤 걸으며 패인 발자국에
떠난 것들의 노래가 느리게 채워지면
수천 년 지나도 남은 것들은 펑펑 울고야 말
음악을 고르는 일

어쩌면
나만 그런 게 아닌,

동병상련

도시에서 도시로 이사를 했다
여름옷 몇 개 신문에 싸고
노란색 장판을 둘둘 말았다
바닥과 장판 사이 느닷없이 집 비우는
무수한 발을 보았다
어떤 것은 옆 방으로
어떤 것은 짐 사이로
제 몸 걸머지고 떠나고 있었다
옷과 옷장, 수저 한 쌍과 책
손수레 바닥을 가볍게 채우고 틈과 사이
빗물로 채워 묶고는 넓은 길
장님처럼 걸었다
사방 땀내 추적대는 고개 끝
덩굴장미 환하게 핀 새집의 자정은
손바닥 뒤집듯 하루를 너무 쉽게 뒤집었는데
반나절 뒤집기에도 매번 핏줄이 불거지는지
장판을 폈다
둘둘 말린 노래기 몇 마리
그제야 다리 펴며 제 몸 내려놓았다
난, 마당 귀퉁이 조용히 물러 나와
허리 펴는 시늉을 했었다

오현주

아호 : 눌지訥智. 月刊《文學空間》 시 부문 등단. 시와글벗문학회 편집국장,
전남방송 서울취재본부장. 칼럼리스트. 시와글벗문학회 동인지 공저 다수.

e-mail : silkkiss@hanmail.com

노을

나뭇가지 깊숙이 몸을 찌르고
핏빛 스며든 오후를 내리 걷고 있었다.

더 얼마나
새들의 그을린 껍질을 그려보았지만
손가락 마디에 부르튼 기억은 붉어서

먼 곳에서 인화한 얼굴을 꺼내
문득 만지면
쓸쓸히 가 닿았던 늙은 해

나는 검붉은 반죽으로 빚은 에스키모 여인처럼
긴긴 밤을 타넘어
죽으러 가서
노인 하나 남겨두고 어김없이
돌아올 것인데

지평선을 걸친 뒷모습이 붉어서
온통 붉어서

수안설비

시장가는 길목에 설비가게가 있었다.
심해에서 빛나는 물고기처럼
전구 몇 알 기척해도
몽유하듯 스치는 사람들
모두가 찾던 그 자리였으나
'수안설비' 상호가 유리창에 두드러기처럼 박혀
비릿한 소금물을 바닥에 흘린 이후
유리문은 굳게 입을 다물었다
폐업 문구 적힌 종잇장이 팔랑거릴 뿐,
한때 주인은 전기뱀장어를 팔뚝에 감고
보일러관이나 수도관을 헤엄쳐 다녔기에
썻물 묻은 물고기를 잡아와
코를 꿰어 수면에 걸어놓았으리라
그러나 이젠 텅 빈, 저 수족관
오후의 비탈진 능선이 무너질 때면
그 앞에 습관처럼 엎드리는 애꾸눈 고양이만이
마지막 물살이 털어낸 살비듬을 밟고 떠난 주인의
절름거리는 뒷모습을 기억하듯
지느러미 같은 행인의 옷자락
골목을 돌아설 때면 고양이는
한 가닥씩 울음을 풀어 구부리고 있다.

낚시 바늘같이
골목 너머같이.

식물인간

1.
친환경 식재료 상점에서 상추를 사왔어요
아빠! 씻지 않고 그냥 먹어도 될까요
전에 말씀하셨지요, 논 한 뙈기 없어서 이집 저집 품삯
받고 농약 치던
이 씨 아저씨 말이에요, 벼 이파리처럼 쭉쭉 살충제만
빨아대다 죽었다던

우리는 꼼짝없이 오염의 세계에 갇혔어요
아빠! 물려주신 땅과 하늘까지 모두 다
이 무서운 사실을 알고 있을까요, 그
약쟁이 아저씨 말이에요, 우리 뱃속으로 들어와 성에
낀 목구멍을 식인식물같이 쿨럭이면서
우리 잡아먹으려고 기웃하던, 그러니까

2.
이후 나는 깨끗하게 반짝이는 아이비처럼
식물의 몸이 되기로 해요

화분에 쓰윽 맨발을 뿌리째 밀어 넣어요

흙속에 100억 마리 징그러운 벌레를 길러요
공기에 들러붙은 먼지귀신도 떼어 먹어요
손등에 꽂힌 햇살 줄기는 링거예요

아빠, 아빠! 배꼽에 새싹이 자라요.
투명한 혓바닥이 줄줄이 팔을 타고 올라요

정말 씻지 않고 그냥 먹을까요, 먼저
창문부터 열고 산소마스크를 벗어야겠어요

꽃게에게

날렵하고 뾰족한 굽을 가진 꽃이 있었다

가장 살기 돋은 민첩한 다리 열 개로 눈을 흘렸다

죽음이 잠복하고 있었으나

살기는 충만한 생기였기에
찬란한 최후를 알리는 복선이었기에

검은 비닐봉지는 게죽음 직전에 낄낄거렸다
다리들은 제 족속을 꼬집고
흥건한 거품은 제 혀를 깨물어

신랄하게 꽃이 되기 위해서

저녁 공기에 비스듬히 멀미가 기생하고 있었다

비릿한 향 들이켜. 입 다시며. 나는
붉은 새떼가 총총 흘러가는 강을
꽃게 다섯 마리와 건너고 있었다

어머니. 아니 엄마야!
(거기 계시나요?)
팔팔 끓는 무덤 속에서 꽃으로 피어오를 때
뱃속 아기가 한 알 귤처럼 익어가요

식탁에는 이제 막 꽃이 된 꽃이 놓이고
아기작 으깨져
흩날리는 꽃의 이름이 있었다

피의 연대기

엄마, 사춘기 되면 피 흘려야 해요

죽을 수도 있나요. 싫어요. 무서워요

딸아, 여자가 되려면 피 흘려야 해

번듯하게 새빨간 피. 여자만의 것

(작고 보드라운 아랫배에 번지는 두려움)

여자가 되려면 많이 아픈가요

응. 아주 많이 그럴 거야
저절로 익숙한 아픔과 잊히는 아픔도 여자만의 것

멘스. 프리덤. 불처럼 벌겋게 수줍던 열다섯
자궁에서 일어서던 새빨간 피의 역사

자, 내 피를 받아 마시렴
천천히 감미롭게 피 흘리는 법
가르쳐 줄게

아. 아. 홀어미의 아랫도리에서 잉태된 숙명

안녕. 허물어지다가 떠나간 나의 계집아이

사냥

저마다 목구멍에서 묵직한 닻이 흔들린다.
그 목, 전부 내걸고 질주할 때
절박한 눈동자는 비명 외각으로 떨어진다.

소인消印된 육체와 관계한 생명을 해명하듯
유골의 잔뼈를 습득물로 거둔 생기로운 자연
그 영역을 거스르는 것은 살육 뿐

안개가 눈썹을 갖지 않는 일처럼
뼛조각이 안개같이 족적 없이 떠나갈 때
우리는 서로의 뱃속으로 들어가
눈 뜨는 죽음 먹어치웠고
그것을 생의 환승이라고 불렀다

푸줏간 사내는 칼날 이용해 살코기를 발라
정밀하게 해체하지만 엄밀하게 그는
사냥하는 방법을 알지 못한다.
실마리처럼 끼어든 도축업자도 마찬가지

세상에는 사체뿐인 사냥터가 있다
과욕과 총성만이 난무하여 순수를 잃고
악몽을 탁본한 배후에서
죽음의 왕을 모시고 죽어 살다가 죽는 곳

나는 알고도 모르는 체
오늘도 피를 흘리고 있다, 살아있다
몇 번의 오발탄을 맞고도

마두금

말 달린다, 용맹한 칸의 후예
어깨 위에 매 한 마리 올리고
참으로 말 달린다

고독하여 시야가 넓고 또렷한 사내가
길들인 유일한 그 새
제 주인 생애와 영락없다
날렵한 발톱과 부리에 점철된 맹금의 고독이라니

몽골 사내는 평생 말과 함께 희노애락한다
짝의 눈, 눈빛
몸소 익히 알고 있으므로
충분히 고독하여

강인한 제국에서 무슨 일이 있었을까
지나온 발자국 지우는 모래바람 뒷덜미에서
부풀어 터지는 살 울음 소리
어르듯 끊어내듯

알타이어 산맥 곁으로 누운 추원에서
바위무덤처럼
조그맣게 마주앉아 오장육부
어르듯 끓어내듯
연주하는 너의 아리랑
너와 나의 몽고반점

쓸개의 하소연이야, 말없이 말도 없이
가죽 머리와 꼬리뼈만 남은
저 말울음 소리라니

기생충

처음은 겨울이 오고 난 뒤였다
나는 나에게 숙주가 된 나를 발견했다

눈알 뒤에 달라붙어 사는 눈깔괴물은 나를 맛있게 먹
었다
맛있으면 사과, 사과는 길어, 패잔병처럼 늘어선 사과
포로가 지낼 데를 찾아보니
죽은 나비가 쪽쪽 빨고 간 입술이었다
사과 없이 살다가 사과만 맺힌 자리

나는 바글바글 공포를 발육하고 입덧 탓이라
애써 말해버렸고
어지러움 핑계 삼아 거북한 위장을 문지르곤 했다

간지러움 타는 기침을 토하면 입술이 떨어졌다
입술을 주워 제자리에 올려놓고 돌아서니
더 많이 검푸른 사과가 열렸다

미안해요! 그대로 놔둘 걸 그랬나 봐요
우린 한 몸에서 만나지 말았어야 해요

달콤한 흡혈은 멈추지 않았다
밖으로 보이는 문으로 다가가 노크하고
채혈하는 일은 잘 되냐고, 괴수에게 묻곤 했으나
그 집요한 꿈틀거림
존재의 암시이기에 고개가 끄덕였다

젊지만 늙지 못하는 애인이 오지 않는 흐린 날이 많
았다.
나로부터 내가 많은 날이기도 했다

열 한 개의 손톱 휘갈기는
어긋난 두 혀가 충돌하는
나를 통째로 기망하는
나

나는 나를 상대로 한 혐의를 전면 부인하지 않기로
했다
불가능이 가능하지 않기 위한 노력 같은 것
납작하게 접힌 그림자도 하늘로 기어오른다는 것

PART 7

이선정

강원도 동해 출생. 격월간《문학광장》시부문 등단. (사)한국문인협회 회원, 황금찬시맥회 문학광장 강원지부장, 동해문인협회 회원, 시와글벗 동인. 제6회 황금찬문학제 시화부문 대상, 2018년 한양예술대전 시화분과 심사위원, 제9회 대한민국 독도문예대전 문학부문우수상. 시집『나비』및 공저『씨앗, 꽃이 되어 바람이 되어』,『벗은 발이 풍경을 열다』,『어느 날엔가 바람에 닿아』외 다수.

e-mail : korealife521@naver.com

햇살, 메멘토모리* 를 역설하다

밤새 꼬리에 꼬리를 물던 물음표가 아침으로 건너와,
구겨진 노트 중간쯤의 단어를 적확하게 밑줄 긋는다.

카르페디엠*

---

* 메멘토모리: 죽음을 기억하라
* 카르페디엠: 현재, 이 순간에 충실하라

시인들

씹을수록 구토가 나

대체 뭐가 문제지?
분명 기존의 레시피대로
고급 진 재료에 특이한 향신료를 썼거든
이집 저집 얻어온 싱싱한 수사도 듬뿍 뿌렸어

다행히 색다름에 중독된 몇은
맛을 몰라도 맛있다고 해
독한 향에 길들여진 혀를 가져야 하거든

진정한 미식가는 실종 되었어
아니, 그들의 서식처는 변두리

실상 정체가 요리사인
변종 미식가들이 세운 고급 진 레스토랑에
입장할 회원권이 없지

콜로세움 같은 레스토랑에서는
솔직한 혓바닥을 숨긴 요리사들이
화려하게 토핑 된 음식에 손뼉을 치며
매일 서로의 요리를 칭찬해

변두리 미식가들을 철저히 외면한 채
줄줄이 코스로 나오는
새로움을 가장한 비슷한 요리를 씹지

'아니야 요리 안에는 없어
혹시 그것을 담은 접시에 숨겼을지도 몰라
접시의 갈비뼈까지 깊숙이 손을 넣어'

웃는 낯빛으로 서로를 탐색하며
좀 더 특이한 향신료를 교환하며
꾸역꾸역 구토를 즐기며

봄이거나 혹은 봄눈

빈 쓰레기통을 훑다가 달리는 차에 치여
하늘로 간 길고양이의 죽음이
봄눈으로 날린다 하얗게

뇌출혈로 쓰러져 사경을 헤매던
단골 장사꾼 김씨가 용케도 재활해
양말보따리를 등에 지고 다리 한쪽을 절며
사무실로 들어서던 환한 미소가
봄으로 날린다 하얗게

마지막 하얀 겨울 위로
처음의 하얀 봄이 날린다
어제까지 겨울로 시퍼렇던 것들이
오늘은 연둣빛 허벅지를 걷고 걸어 다닌다

올해 맞는 첫봄이
주저대는 겨울을 밀치고
그렇게 날린다

봄이거나 혹은 봄눈

치킨의 마지막 설법

닭같이 홰를 치고 싶은 날
화가 치밀어 된바람만 풀풀 일으키는 날
열난 가슴 달래려 치킨을 시킨다

내 속의 중심이 반쯤 기울어
무단시* 어깨가 처질 때
닭 뼈다귀라도 채워 자신감 곧추세울까
물렁뼈까지 오독오독 남김없이 씹어 삼킨다

속으로 꾹꾹 눌러 가슴팍에
날아다니던 서슬 퍼런 언어들
양쪽에 날개 달고 기름진 모가지로
꼬끼오 꼬끼오 홰를 치는 밤

빌린 몸으로 도를 닦으니
새벽녘,
알 하나가 툭 떨어진다

---

* 무단시: 괜히, 괜스레 전라도 방언

바다 마을 개미씨

세상에서 가장 작은 구멍으로
숨어들고 싶네 개미씨, 그대와 함께

창을 열면 코앞이 바다
온갖 때가 덕지한 더러운 귀는 문 앞에서
잘라버렸어. 싸르르 싸르르 청초한 파도의
노래로 날마다 순한 귀가 한 뼘씩 자라겠지

세상의 덩치 큰 욕망은 구멍 속에 들지 못해
비워진 해풍의 생일이 유일하게 들고나는 비밀번호
오로지 나만을 위해 길을 내고 찬찬히 먹이를 나르는
개미씨와, 작은 밥그릇 하나로 살찐 사랑만
토핑 해 나눌 거야

손잡고 나서는 밤은 또 어떠한가
허름한 어선 뱃머리, 세상을 깔고 누워 바라보는
그 찬란한 푸른 별의 입덧
우리 사랑을 뜯어먹은 별들의 출산,
바다로 쏟아지는 눈부신 양수를
새벽까지 기쁘게 받아내다 잠들어도 좋겠네
그토록 작은 구멍으로도 막지 못한 세월이
바람처럼 펄럭여 우리 헤어질 날 왜 없을까

그때는 개미씨, 내 발목에 가장 큰 추억을 매달아
깊은 바다로 던져주시게

그 넓은 바닷속 어느 작은 구멍에서
그래도 비우지 못한 욕심을 접고 또 접어
더 작아진 영혼으로 개미씨, 그대를 기다리겠네

햇살 좋은 날 바다의 겨드랑이를 펼치면
푸른 낯빛의 연서가 날아들 거야
가늘어진 목 길게 빼고, 한 천년 그리 살다가
낙조의 눈이 불그스레 슬픈 날
오래된 구멍의 문을 닫아도 좋네

백 년에 한 번 울리는 고동을 찾아
단단히 빗장 걸어 두었다가 어느 날 그 고동
서럽게 울면 그때 우리, 기억을 잃은
첫 바람으로 수줍게 만나세

잘라낸 귀들이 분홍 갯메꽃 되어
아슴아슴 뒤덮여있을, 세상에서 가장 작은 구멍

그 녹슬지 않는 오래된 문 앞에서

내장산 가는 길

가서 오지 않으리

활활 타올라
더 이상 사를 것 없는 몸뚱이
가면 다시 오지 않으리

볕 좋은 가을 오후
지는 낙엽같이 야윈 것들을 싣고
막연히 떠나는 버스에 올라
붉은 것 제 몸 태운다는
골짜기 어딘가에 팔랑 내려서
걷다가 걷다가
소리 없이 부서져도 오지 않으리

콜타르처럼 진득하게 눌어붙었던
고독이여 안녕
질긴 내 고독과 손잡아 주던
불면이여 안녕
인두로 새긴
신열 같은 사랑이여 안녕
나는 걸어가,
가서 오지 않을 것들 다 떨구고

그리고 안녕
어둠에 뿌리내렸던
썩은 가지여

너는 다시 피지 않아도 좋으니
푸른 별을 보며, 죽어도 거기 있으라

시 읽어주는 여자

그녀가 시를 읽어주었네
아주 먼 곳으로 떠나온 내게

어디까지 왔나. 얼마나 오래 걸었을까.
서걱대는 목소리를 잃고 세운 손톱이 빠질 즈음
그제야 소리가 들렸지. 주저앉은 자리,
어둠 속에서 조곤조곤 별처럼 반짝이며

그녀가 시를 읽어주었네
지구 한 바퀴를 감고 돌아온 장미 넝쿨처럼,
오면서 가시 하나씩을 뽑은
푸른 꽃대의 음성으로

오, 일찍이 나란 시는 그런 것이었나
찔린 눈으로 보지 못했네 그 해맑던 소녀

나란 시는 그런 것이었네
나란 시는 그런 것이었어

귀 기울여 보아. 그녀가 시를 읽어주고 있네

미래의 시인에게 어느 삼류 시인이

단골 커피점 주인집 딸 다섯 살짜리 계집아이
은서는, 고 사슴 같은 눈을 반짝이며
시인 선생님처럼 되고 싶다고 말한다

삼류 시인을 보면서도 꿈을 꾼다니
넙죽 절이라도 해야지 않은가

사과 통만 한 머리를 쓰다듬으며
꽃과 별만 보면서 시를 쓰거라 중얼거리다
방금 쓰다 만 죽음, 이별, 상처 따위를
얼른 주머니에 구겨 넣고 커피점을 나섰다

지랄 맞게 바람은 불어 대고
아름다운 시인 하나가 유리창 안에 말갛게 앉아
서걱대는 모래사막의 어둠 속으로 밀려가는
썩어빠진 시인 하나를 관찰하고 있었다

나는 아주 잠시 버티고 서서
겨우 찾아낸 별 하나를
보란 듯이 바라보며 서 있었다

전은행

부산 거주. 시와글벗문학회 동인지 제6집 『어떤 위로』, 제9집 『어느 날엔가 바람에 닿아』 공저

e-mail : sabena720@hanmail.net

시집 속에 사는 낡은 말

불을 끄면 시집 속 낡은 말들이 수군거려요

어떤 날은 오래된 말들이 목을 조여와 잠을 잘 수 없어요

건조하고 낡은 말들 입에서

버석버석 욕이 기어 나와요

때론 말들에게도 물이 필요해요

나는 잠 오는 눈으로 오래된 말들이 부드러워지도록

물을 넣고 한참을 주물렀어요

부서지는 말들이 나에게 속삭여요

아프다고

괜찮아질 거라고 말해주었지만

말이 안 되는 말들이 말이 되어 돌아다녀요

물 묻은 손으로 만진 말들이 아주 부드러워졌어요

어떤 말은 끈적하게 달라붙었어요

이제 말들의 말을 잠재워도 되겠어요

불을 켜야겠어요

날개가 아픈 날

영혼 없는 인사말을 나누는 아침
한 이불속에서도
너와 나는 각기 다른 꿈을 꾸며 하루를 맞는다
밤새 어떤 세계를 날다 왔을까?
어깻죽지가 아프고 목이 마르다
높이 날아올라도 닿을 수 없는 곳
날마다 허기진, 그래서
빈말이 무성한 날들
내 영혼이 꿈꾸는 곳은 어디일까?
처음 시도하는 어려운 체위처럼
하루 시작이 꼬인다
일어나기 싫은 이불 속
끝까지 도달하지 못한 오르가슴 같아
밤새 하늘을 날다 온 날개를 만져 준다.

손가락깎이

손가락이 자라기 시작했어요
이제 손톱 깎는 일보다 손가락 깎는 일에
더 집중해야 할 것 같아요
수많은 손가락이
아주 간단한 방법으로
오늘 또 한 사람을 죽였거든요
손가락들이 칼을 사용하지 않고도
사람 죽이는 방법을 알고부터
은밀한 내 방을 훔쳐보며
손가락으로 말하기 시작했어요
입으로 말하는 것보다
손가락으로 말하는 것이 더 빠르거든요
손가락들이 치마 속 팬티가 보인다고
손가락으로 말하면
다른 손가락은 빨간 팬티가 관능적이라고
손가락을 마구 놀려요
이를 어쩌죠
나는 팬티도 입지 않았는데 말이죠
손가락을 더 바짝 잘라야겠어요
이제 세상은 손톱깎이 대신
손가락깎이를 만들어야겠어요

권태

여름과 가을 사이에 네가 있었다

아무렇지 않게 나를 찾아와 이별을 이야기하고 슬픔을 쏟아냈다

명왕성을 헤매던 사람은 이제 나를 찾지 않을 거라 통보해 왔고 친구는 남편의 전화를 더는 기다리지 않는다고 했다

아침은 없었고 바로 점심이 왔다

언제부턴가 나는 시집의 겉표지에 집착하지 않기로 했다 그래서 허름한 시가 빛나지 않는 것을 지켜보았다

제목을 붙이지 않은 시들이 제목을 붙여 달라 떼를 쓰고 나는 아무 상관도 없는 단어를 제목으로 붙여 주었다

허무는 나에게 빨대를 꽂기 시작했고

먼지처럼 흩어진 내 생각들이 빨려 들어갔다

밤이 되면 온몸으로 흐르는 뜨거움의 발로는 아직 규명되지 않았다

새벽녘에는 등에 불이 붙어 잠을 잘 수 없다.

꿈에 만났던 남자가 꿈속에 나타나지 않아 연애를 못했다

집 앞의 오래된 나무는 초록을 유지할 수 없어 옷을
벗었다

불안은 어김없이 나를 자극하며 바로 턱 아래 있고
내 안에는 아무것도 없는 듯하다

한때 잘나가던 문장들은 모두 자기 갈 길을 찾아 글
잘 쓰는 시인의 손끝에 줄을 서고 있다

여름과 가을 사이에 네가 왔다

아무렇지 않게 나를 점령했다

저기 저 도마뱀이 당신 냄새인가요?

비 오는 날

사람들에게서 도마뱀 한 마리 스멀스멀 기어 나온다

지렁이 밖으로 나오듯 그것들은 꼬리를 길게 늘어뜨리고 등에, 어깨에, 팔에, 다리에, 붙어 기어 다닌다.

어떤 사람 도마뱀은 유독 꼬리가 길어 가끔 옆 사람 도마뱀과 꼬리가 얽기도 한다.

지하철이나 버스 같은 좁은 공간은 도마뱀 천지다

길고 긴 꼬리를 흔들며 이쪽저쪽 사람들의 어깨를 밟고 지나다닌다.

간혹 주인을 잃어버린 도마뱀이 주인을 찾는 모습을 볼 때가 있다.

그러나 용케도 도마뱀은 주인을 찾아 그의 어깨나, 가슴, 다리, 팔에, 올라붙어 앉아 있는 것이다.

어디에 숨어 있다가 그 많은 도마뱀이 나왔는지 비 오는 날 지하철에서 도마뱀 보는 일은 너무 흔한 일이 되었다.

내 등 뒤에 도마뱀 한 마리 꼬리를 흔들며 기어 다니고 있다.

엉금엉금 나의 도마뱀 꼬리가 네 어깨를 넘본다.

그곳에도 봄인가

초록으로 피돌기가 한창인 날에는
죽은 자들과 말하고 싶다
내가 태어나기도 전 이미 죽은 자들과
태어나서 이레 만에 죽은 쌍둥이 여동생과
내게 책을 보내며 명왕성을 말했던 그 남자와
두 다리가 없어도
팔 하나가 없어도 울지 않았던 재형이와
아직 하늘나라에 도착하지 않았을 길엽이와
말하고 싶다
그네들은 밤에는 별과 이야기하며 반짝이고
낮에는 해와 짝 되어 눈부시겠지.
그 자잘한 말들이 부서져 비로 뿌려지고
바람에 날리기도 하겠지.
이런 날, 뿌옇게 그리움이 올라오는 날
꽃잎이 흩날리는 날
나는 죽은 자들과 말하고 싶다
그곳에 봄은 어떠냐고?

연애란 수박을 잘 먹는 일이다

사랑하는 사람과 연애할 때는
반 자른 수박처럼
벌겋게 제 속을 다 보여줘야 한다
수박 물 뚝뚝 흐르듯
흥건히 흘러내려야 한다
한 입 크게 물어
제 혓바닥으로
그 사람의 사랑을 정성스레 발라내야 한다
종국에는 껍데기만 남기고
그 사람의 벌겋게 익은 속을
다 파먹어야 한다.

상실의 시대*

그래 이건 상실이야!
마치 치아를 빼고 난 다음처럼
내 안에 깊숙이 박혀 있던 것이 뽑힌 것 같은
자꾸만 혀를 밀어 보는 습관처럼
너에게 문자메시지를 보내고
안부를 묻는
날씨에 대해 보고를 하지 못하는
잃어버렸다기보다
빠져나갔다기보다
상실!
이빨이 도열해 있을 땐 모르다가
발치하고 난 다음의 그 빈자리 같은 거
잃어버린다는 게 그런 거야
상실한다는 게 그런 거야
미도리에게 전화를 걸며
여기가 어딘지 모르겠다고 말하는
와타나베 같은 거야
여기가 어딘 줄 사실 나도 모르겠거든
빠져나간 거야
잃은 거야
아니야 상실이야.

---

* 상실의 시대: 무라카미 하루키 소설, 한국 제목 '상실의 시대'에서 따옴

정태중

《대한문학세계》 시 등단. 시와글벗문학회 동인, 시집 『이방인의 사계 그리고 사랑』, 시와글벗 동인지 제8집 『벗은 발이 풍경을 열다』, 제9집 『어느 날엔가 바람에 닿아』 공저.

e-mail : bosung0905@naver.com

용서의 봄

목포 앞바다는 바다와 먼 바다
뭍 이야기 쪼아대는 갈매기는 봄과 먼 봄

유달산자락 노란 성게 꽃 피었다고
섬과 항구의 물 갈라진 틈으로
성게 뿔 드러내고, 곁눈질입디다

성게 꽃이면 어떻고 산수유면 어떻고
생강 꽃이면 어떻고 성게 알이면 어떻고

배 타고 가나 바다 타고 가나 한 몸
앞바다나 압해도나 한 몸
갈매기와 두루미 한 몸이라고,

슬픈 세월 앞에 두고
파도 속으로는 사공의 노래만 서로 웁디다
목포나 팽목이나 목구멍만 서러 웁디다

고현주 미용실에 갔었다

미용실에 산발 머리 깎으러 갈 때가 있었다.

화단 고추 이파리들은 3시쯤의 햇살에 축 처져 힘을 잃기도 하였는데, 문 열고 들어서자 점원의 "어서 오세요, 기다리고 있었어요"라며 인사를 건넨다. 가겠다는 약속을 한 적도 없는데 기다렸다는 인사말에 미소가 벙글어 주었다. 커피를 타 오면서, 유리 밖 고추는 열매가 열리지 않는다는 묻지 않은 말을 한다. 받은 잔을 허리 아래로 모으다가 저 고추가 햇살이나 받았을 뿐 치맛바람이라도 불어 주면 썩 괜찮기도 할 터라며 향기가 남은 입술에 맞장구를 보내주었다. 누군가에게로의 기다림은 사랑의 착각이었을지 모른다는 허탈한 웃음이기도 하였다. 3시쯤의 햇살은 고추나무를 헤치고 고현주 미용실을 비춰 주었다. 찰칵거리는 가위 사이로 잘려 나간 생각들도 이파리처럼 시들다가 사라지고, 햇살 한 줄기 반대편 건물에 부딪혀서는 '현' 자에 그림자를 만드는데, 곁눈에 비추는 환한 고추 미용실이 가슴 선으로 가만히 지나가 주었다.

월출산 기행

웅삼이란 놈 어릴 적에 도갑사 주지
허락 없이 고무신 봉양 받았네

대웅전 툇마루 희고 정갈한 고무신 끌고
월출산 천왕봉 참선하러 올라갔네

꼴망태에는 곡주 여러 병과
서리 맞은 닭 몇 마리와

산불 조심이라는 푯말 옆에서
세상사 연기처럼 산다는 진리를 굽고

신세계 열고자 곡주를 몸에 붓고
다비의 경계에서 몸은 뜨거워졌는데

도갑사 주지 비호처럼 올라와
웅삼이란 놈 머리에 연신 목탁 쳐댔는데

나무 아래 타불은 으슥한 어둠에 늘어지고
고라니 발같이 검어지는데 나도 곁에 있었네

월척의 꿈

무명지에 둥지를 틀고
어둠의 쪽빛으로 오는 밤을 벗 삼아
점 하나, 불빛에 마음을 실어
행여, 쯤을 건너는 대어를 꿈꾸자

온갖 시름과 잡념을 받아 줄 강물에
목숨 같은 낚싯대 드리워
어신을 기다리는 마음
나는 꾼이 되고 싶다

고요함 속에
어긋난 생을 던져놓고
찌 한번 다시 솟구치길
가슴 조이며 기다린다

왔다
어신이다
그래,
대차게 밀어라

가느다란 줄 하나에
매달려 오는 희망의 떨림을
정성스러운 손놀림으로 지금 낚아 내는 중이다

바다로 간 이야기

동트는 길은 아직 멀고
철썩이는 파도가 반겨주는 선착장
통통거리는 리듬에 몸을 맡긴 채
어둠의 여정을 시작한다

안개 자욱한 미로의 길을 걷듯
미끄러지는 작은 배는
어쩌면 육지에 두고 온 삶의 끈이
매달려 있는 듯 꼬리가 길다

멀리 희미한 등댓불
길손 보듬는 작은 무인도
모두가 처음인 듯하나
포근함 밀려오는 것은 무엇일까

어느새 어둠 사라지고
닻을 내리듯 낚싯줄 드리워
어머니 품같이 입맞춤하면
연인처럼 옆구리 톡톡 입질하고

가판에 올라온 우럭
부레를 틀며 너스레
새침데기 놀래기
아침 바다 이야기한다

망망대해 소주 한 잔
내 살점 도려내는 안주
잠시 바다 향에 취해 눈감으니
찰나의 꿈결은 석양빛에 매달린다

겨울 가로수

숭숭한 머리 긁적이다가 헐벗은 가로수를 본다

그도 다 떨구어진 몸 가려운지
가끔 잔가지 흔들며
비듬 같은 각질 바람에 헹구는데
정렬된 간격은 호퍼*의 슬픔 같다

슬프기로 말하자면
갓 옮겨온 가로수 지지대로 쓰인
사목에 비교할까마는
살아있어도 죽음 같은 도심의 가로수가
휑한 마음에 뿌리를 내린다

만약의 일인데
늦가을 무렵 화려한 도시를 떠나
그들만이 사는 세상으로 옮겨졌더라면
겨울바람에도 잎 내어 주지 않는
얽히고설킨 잡목처럼 남겨졌을까

유난히 추운 날
산에 나무 여럿, 서로 부둥켜안거나 얽히어서
마른 잎들 바싹바싹 등 긁어 주는데
홀로 등 가려우면
거기로 가서 겨울나무가 될 수 있을까.

＊ 호퍼 : 에드워드 호퍼, 슬픔을 그리는 화가지만 슬픈 그림 속에 따뜻
　　함이 있다.

요양병원 가시려고?

월산 댁이라 하고
월산 할매라고도 하는 우리 엄마
전생 업보 많으신지
평생 일손 놓지 않으시고
팔순 훌쩍 넘은 데도 일 타령이시네

석 자 이름 잃고
누구의 엄마라는 이름도 잃은
짠허디 짠헌 우리 어매
지난 추석 명절날
토방 넘다 꼬리뼈 금이 가고
몇 개 남은 이 앓아 틀니하고
침침한 눈 시술하고

엄마는
엄마들은 참으며 사는 것이
개똥 같은 미덕이라 하시는데
그 뜻 모르랴만

굽은 허리 펴지고
먹는 것 소화 잘되고
세상 훤히 보인다고
인잔 살만허다잉
여덟 살 애기마냥 웃으시며
썩을 삭신 건강헝께 머시라도 숭군다고

전화기 속으로
뜨건 입김만 푹푹 뱉다가 그만
월산떡 요양병원 가실라요? 하고 말았다
그러고는
몇몇 날을 똥강아지처럼 끙끙 앓고 있다

오백 년 도읍지

낡은 (오래된) 기차를 타고
올라왔던 풍경들은
노을처럼 그림이 되기도 하였다

삭정이듯 필마의 굽 소리
노을에 타버린 변방으로는
풍경들이 내려앉고는 있었다

PART 10

최영호

《대한문학세계》 시 등단. 시와글벗문학회 동인. 시집 『꽃뫼』, 『아름다운 사람들』 외 시와글벗문학회 동인지 제9집 『어느 날엔가 바람에 닿아』 공저.

하늘 맑은 날

하늘이 아름다운 선물같이 좋은 날은
늘 가난한 마음 밭에 고운 시향 가득히 흘러서
온 누리에 넘칩니다.
시를 볶아 고소한 참기름 내리면
푸른 말을 하는 문장은 고소한 삶의 향기가 납니다.
많은 시간이 의미가 되어 질문과 살았을까요.
언제나 일상의 이야기가 씨앗이 되어
시 향기 가득한 당신의 뜨락에 한 줄 시어를 심으면
겨울날 아랫목에 군고구마 한 톨 화롯불에 구워져
솜이불 발아래 기억을 호호 불어서 먹습니다.

북소리

빠른 북소리가 바람을 불러와
어깨의 들썩임이
단단한 땅을 만나는 날
철썩이는 바다를 건너온
낯빛 검은 무녀가 허공을 맴돈다.

귓가를 스쳐 지나가는 울림은
마파람 치는 관객과 흥이 올라
둥근 북소리 박수와 어우러져
신바람에 온몸을 맡긴다.

팔과 다리를 뻗어나가 딛고선
그곳은 너와 나 춤추는
우리에게 바다와 같은
너울의 감동으로 밀려와
파도처럼 부서진다.

태양의 햇살처럼 솟아올라
달빛 아래 은은하게 나아가
사람과 사람을 이어주는 교감은
바다보다 깊고 넓은 북소리가 운다.

떨어진 잎사귀

한나절 붉고 뜨겁던 홍안의 너도
차가운 계절이 오면
백골의 이마를 마주 보며 누워
잠깐 살다간 호모사피엔스의 후예로 남는다.

잘난 척 이쁜 척 방실방실 웃다가
벼랑 끝에 불어오는 바람과 함께
쓸쓸한 사흘의 눈물이 마르면
생명의 줄을 놓고 사라져 간다.

오고 감이 허망으로 응어리져
방울방울 떨어져 흐르면
한 줄기 사랑은 강물 아래로 뒹굴다
검은 바다의 파도로 부서져 사라진다.

꽃 진 자리 서러움을 딛고선
한결 바람은 신명과 걷다가
봄눈 내린 어두운 밤으로
햇살이 비치면 웅크린
시절 인연은 봄꽃을 피운다.

은율탈춤*

축제의 계절에 만난 광대의
떨어진 낙엽 같은 춤사위
헤아릴 수도 없는 땀과 열정은
가을과 함께 저물어 갑니다.

노을 같은 붉은 원숭이
끌어안은 숱한 낮과 밤이
한바탕 치달아 뛰어오르고
조여 매고 솟아올라 안깁니다.

짙은 함경도 사투리
엷은 치맛자락 사이로
가느다란 팔과 다리
신묘한 장단은 홀로 앉았습니다.

한마당 피리 소리 그치면
아이들 속삭이는 눈빛으로
꽃봉오리가 피어오르고
너의 빛바랜 탈춤은
이별의 눈물로 사라집니다.

---

* 은율탈춤: 단오에 황해도 은율 장터에서 한량과 농민들이 놀던 탈춤
　　　의 일종

벌초

바람이 불어오는 고향에
고단한 몸을 누이고
고라니 멧돼지 잠자는 곳으로
가을 햇볕이 따뜻하다

성근 풀이 슬픈 사연을 듣고
높은 구름도 다가와
가끔은 우두커니 서서
서글픈 눈물을 흘리며
고단한 시절이 비에 젖는다

가지런히 엎드린
시간이 녹아
춥고 배고픈 과거와 만나고
꿈꾸던 희망은 잠들어
고요한 호수와 하나 된다

바람이 불어오는 날
가만히 누워 하늘을 본다
하루가 저물어 별빛이 내리고
바람도 잠들면
고단한 발을 곱게 접어 꽃이 된다.

아름다운 사건

아름다운 사건의 피고는
동안이 늙어 할머니가 되도록
한 사람을 사랑한 죄로
불구속 기소에 충분하다.
증거불충분으로 공소 없으므로
본 사건은 환송한다.

따뜻한 가슴으로 들락날락
분주한 한 결은 꾸역꾸역
참기름을 내리고
고소한 삶이 따뜻함이 담겨
달보드레한 맛을 함께 한다.

언젠가 내려야 할 인생 역에서
탄식의 날개를 고이 접어
사흘의 눈물이 마르면
하늘나라 구름 계단을 올라가
푸른 별이 된다.

밤마다 순정이 눈뜨면
가만히 눈을 감고
시리도록 푸른 청춘을 그리고
처음처럼 아침이 올 때까지
뼈 없는 물안개가 되어
푸른 별을 더듬고 있다.

낙동강의 탈춤

낙동강이 흐르고 흘러
고려청자를 만들던 솜씨가
사람의 얼굴을 나무에 조각했다
자유와 평등을 승화 시킨
탈춤은 슬기로운 가치가 있다

보름달이 뜨면 숯불이 타오르는
강물 위로 노를 저어 간다
마음이 등불을 달아
세상을 밝히고 뜨거운
사랑의 온도를 살았다

시간의 여정에 뚜렷한 증거,
돌도끼 휘두른 마애의 솔숲으로
바람의 강물은 흐르고
과거의 신명으로 기적같이 살아
합천 밤마리 마을에서 다시 태어났다

바람이 지나가는 이유 없는 진실 앞에
길 없는 자유를 찾는 수영 사람과
동래의 밤을 달이 뜨고 봄이 왔다
강의 품에서 태어난 오광대의 어깨춤
덧뵈기*로 다진 장단이 구수하다
고성 바닷가에 뭇별이 통영의 야경을 밝혔다.

---

* 덧뵈기 : 탈을 쓴 얼굴, 넓게는 탈춤을 일컫는 토박이말

중앙고속도로에서

고속도로를 달리면 문득 생각납니다
한때는 무척이나 좋아했던 것 같은 너는
하행선을 달리는 자동차를 보듯
무관심의 눈빛입니다
아주 가끔은 잊지 않고 있다면
빈 여백의 그림을 채우는
붓끝에 달콤한 입술을 그려주세요
아주 가끔은 잠 못 이루는 밤
메일을 읽고 덤덤하게
사소한 안부를 읽어주세요

늘 한 발짝 늦게 깨닫고
서툰 사랑의 맹세는
몇 번을 썼다가 지우고
다시 썼다 지워도 당신의 마음을 맴돌고
나의 문장은 여전히 상투적이어서
만남과 이별 사이의 경계를 서성이다
소식이 없는 너를 향한
한없는 기다림으로
함께 가던 무심한 길을 갑니다

많은 사람이 오가면서
어깨를 들썩이던 축제는 끝나고
저네 그랬듯이 모르던 그때로
갈 수는 없지만 비껴가는 계절은
어쩔 수 없나 봅니다

밤새 세찬 비바람 불더니
쓸쓸한 겨울이 왔습니다
세레나데 바치던 나는
뜨겁던 시절이 그리워도
차가운 계절이 지나고
봄이 오면 신바람의 꽃을 피우렵니다

PART 11

한명희

겨울 강, 물푸레나무

포플러

싫어요, 뒤란이

시를 쓰는 시냇물

미안한 일

오후 네 시쯤

당신의 뒤란

눈물샘에 딸꾹질이 고이다

시인·화가. 《대한문학세계》 신인문학상 수상. 대한문인협회 정회원, 시와편견 정회원, 시와글벗 정회원. 시와글벗문학회 동인지 제6집 『어떤 위로』, 제7집 『고요한 숲의 초대』, 제9집 『어느 날엔가 바람에 닿아』 외 시와편견 동인지 『내 몸에 글을 써다오』, 『돌을 키우다』 등 공동저서 다수.

e-mail : prinsommer@naver.com

겨울 강, 물푸레나무

바람이 매운 날 죽계수 강은
두꺼운 얼음 옷이 답답했을까
물푸레나무 뿌리를
몸의 안쪽 깊숙이 당기며
지난 시간을 추억한다

네가 앵무새 부리 같은 연초록 잎을 틔웠을 때
긴 겨울을 돌아온 내 무뎠던 감성이
에레스뚜 선율로 흘렀었지

그 무덥던 여름날 무성한 감빛 잎을 늘어
시원한 그늘을 만들어 주었을 땐
노곤히 지친 몸땡이 눕혀 쉬어 가기도 했었고

갈빛 잎 한두 잎씩 툭툭 떨어지던 가을날
붉게 타는 노을빛이 더 아름답기도 했었어

기나긴 겨울 널 품은 나를 네가 보듬고
낮게 흐르는 물고기의, 겨울 노래 듣다가
면경 같은 새봄으로 다시 흐르자

포플러

당신의 나무라고 부르고 싶은 나무가 있습니다

그 나무 아래서
막 새순 틔운 잎새에 날아들던
봄빛 깃털 작은 새들
고 작은 부리로 무슨 말을 하는지 알아들을 수
있었던 것도
당신의 푸름을 읽었기 때문이었습니다

무성한 초록의 품 넓은 그늘
당신의 깊은 마음만 같아서 머물렀던 맘 길
싸리꽃 울타리 건너온 아침 햇살 같았습니다

갈빛 여문 나뭇잎 된서리 바람에 나부낄 때
마지막 잎새로 남은 애틋함 걸어 둔 채
시린 마음 여미어

청춘을 당겨온 아련함
생의 붉음을 한껏 입은 나무로
캔버스에 채색하였습니다

싫어요, 뒤란이

눈꽃 덮인 뒤란 병꽃나무
수심 깊은 투정이 소나무 가지마다 걸린다

늦가을 앞뜰로 옮겨 준다던 바깥주인
3년이 지나도 지키지 않는 약속이다

해마다 보는 사람 하나 없는 뒤뜰에서
탐스런 꽃들만 가지를 쓸쓸히 다녀갔다

어쩌다가 이쁘다 이쁘다 감탄하며
다가오는 반가운 발소리는
서울서 내려왔다는 두건 모자를 쓴 안주인뿐

핸드폰에 담겨 내다보는 뒤란은 갑갑하다

올봄에도 명자꽃 울타리 밑 이름 모를 새들과
이따금 솟는 별에게 봄을 내주어야 하나

시를 쓰는 시냇물

깊은 골짜기를 흘러나와

노송의 시조를 읊고
풀꽃의 시를 필사하며
숲과 들녘으로 리듬을 탔지

작은 시냇물로 흐르게 되니
흐느적흐느적 게으름이 생겼지

바람의 깊은 생각을 읽은 자성의 시간으로
꽁꽁 언 몸 되어 동안거에 들다가

마른 꽃대
서리꽃 피고 지는 숱한 시간이 흐르면
잔설 녹은 봄빛 강으로 흐를까

별빛을 주우며 밤을 돌아온 강이
시냇물의 시를 읽고 고개를 끄덕이려면

얼마만큼 더, 더

얼었다 녹으며 묵언수행을 해야 하는지

미안한 일

엄지와 장지 사이에 길게 늘인 털실을 끼운다

사다리로 변신한 기찻길, 요술 같은 실뜨기를 하자고
동생이 떼를 쓰는 일이 잦았다

혼자서는 아무것도 만들 수 없어
둘이서 마주 보며 짓고 허물고 만들고 풀고

거미가 밤사이 뽑아 놓은 사다리 집은 얼마나 긴 기
찻길이 되어버린 걸까

혼신의 힘을 다해 층층이 이은 피라미드 같은 집

언젠가 시골집 화장실에서
거미가 애써 지어 놓은 집을 걷어내고 휴지로 몸통을
콕 찍어 변기통에 넣고 물을 내렸던 적 있다

고사리 손으로 애써 엮은 실뜨기를 허물었다고
동생이 저녁 내내 떼를 부렸듯이

걷어버린 건축물, 분명 누군가에게는 생이 송두리째
흔들리는 일이었을지도 모를 일이다

오후 네 시쯤

자분거리며 놀던 햇살
엉덩이 톡톡 털고 강 쪽으로 이우니

거실의 온도도 갑자기 내려간 듯
쓸쓸해지는 오후 나절

통창을 열어 물끄러미 내다본 감나무
꽁꽁 얼어 있는 홍시는 가을에 보았던
풍성함 그대로

나뭇가지에 앉은 새 두 마리
먼 길 떠난 나뭇잎의 환생인 듯
갈잎 닮은 아름다운 깃털

아래가지 윗가지에 앉아도 마주보는
정다운 모습이 아버지 수묵화 속에서 날아온 듯
꽁지깃을 치켜들고 까치가 남겨둔 홍시를
콕콕 쪼운다

새벽에 붓 들기를 즐기시던 아버지
화폭에 도란도란 참새들을 앉혀 놓고
홀수보다는 짝수가 좋다고 하셨다

묵향이 그윽했던 사랑방 쪽마루에 앉은
갈래머리 아이가 아버지에게 건네는 말
아버지 저기 아래가지 새가 엄마 새여요

아니다 난 느그 엄마를 항시 윗가지에 그린다
울 집 내무부장이니께

일찍 먼 길 가신 아버지
해지면 초저녁 별님에게
국밥 한 그릇 띄워 올리는 엄마

수묵화 나뭇가지에 앉은 참새 두 마리

당신의 뒤란

수런대던 뒤뜰의 침묵이 깊습니다

가죽나무 옆에서 병꽃들의 붉은 수다를 듣던 마가목
도 마른 나뭇잎 몇 개 매달고 있을 뿐
숭숭 바람길 낸 나무들 몸이 왜소해 보입니다

뚜껑을 여닫으며 당신의 버겁던 생을 삭혔을 항아리
속 된장 간장도 당신 삶의 그림자로 고여 관절이 그리
아팠던 가 봅니다
버썩 말라 밑바닥에 주저앉아 피워낸 생기 잃은 소금
꽃이 눈물겹습니다

아욱 근대가 뽑혀 나간 자리에 나부끼는 낙엽들도 생
각 끈을 놓아버린 당신의 모습인 듯 애처로워 어지러
이 팔랑이는 낙엽들을 물끄러미 바라봅니다

90년의 생애,
뒤란과 함께했던 기억마저도 당신은 지우고 싶었을
까요

울타리에 한껏 품을 넓힌 장미 넝쿨

새봄엔 탐스러운 꽃송이들 도란도란 뒤란이 즐겁겠
지요

당신의 순수했던 노을을 읽으며 나는 또 그곳을 서성
일 겁니다

눈물샘에 딸꾹질이 고이다

바다를 보며
작달비 같은 눈물 펑펑 쏟아내고픈 그녀와

내 슬픔 한 꼬투리로도
능개비만큼 함께 훌쩍일 수 있을 것 같아
동해로 갔다

하얀 포말로 밀려오던 파도가
바위를 세차게 때리는 소리마저도
슬픔으로 다가왔던,

방파제 위에 쪼그려 앉아
국화꽃 몇 송이 바다에 띄우고
바위가 꺼질 듯 꺼이꺼이 울음을 토하는 한 여인

우리의 눈물샘은 터트려보지도 못한 채
멍하니 바라보다가
전복 멍게 한 접시에 슬픔을 버무린다

문을 활짝 열고 싶은 눈물샘들 벅차오르고
날개 잃은 슬픔을 아무 말 없이 다독여 주는
바다가 곁에 있었다